Sabine Grimm

Poetische

Burggeschichten

zum Vor- und Selbstlesen

Kinder, hört Euch Märchen an,

es ist mehr als ein Funke

Wahrheit dran.

Herstellung und Verlag:
Books on Demand GmbH; Norderstedt

ISBN 9783735778994
Illustrationen s/w und farbig

3

Vorwort

Liebe kleine und große Märchenfreunde!

Die Märchenfiguren, die Euch in diesem Buch begegnen, sind bei der Rauschenburg in Olfen, im Münsterland zu Hause. Märchenhafte Prinzessinnen, tapfere Prinzen und andere phantastische Figuren werden um die schon viele Jahrhunderte wildromantisch, wie verwunschen daliegende, Schlossruine lebendig. Das lange Zeit leer stehende und im Dornröschenschlaf befindliche Schloss, mit seiner bewegten Geschichte als prächtige Residenz für manchen Adeligen, bot durch Lage, Architektur und Historie, die Kulisse für die mystische Erscheinung der Jungfrau im Burgteich.

Wie fast alle alten Burgen und mittelalterliche Ruinen, ist auch die Rauschenburg an der Lippe ein sichtbares Zeugnis vergangener Epochen mit historischer Bedeutung.

Die Römer waren in der Zeit von 11 bis 7 vor Christus im heutigen Olfen unterwegs und kontrollierten den Flussübergang über den Lippefluss, eine wichtige logistische Landmarke der römischen Eroberer, deren Schutz die Rauschenburg seit ihres Bestehens mit übernahm. Seit dem Hochmittelalter bis in die Neuzeit gehörte die im 11. Jh. erstmals erwähnte Rauschenburg zum Hochstift Münster und befand sich im sog. Hexenkessel des westfälischen Vierländerecks, in dem die Interessen von vier Landesherren aufeinanderprallten, die der Bischöfe von Münster, der Grafen von der Mark, der Grafen von Dortmund und der Bischöfe von Köln, die über das Vest Recklinghausen herrschten.

Im 14. Jh. n. Chr. war der Bischof von Münster in die Grafschaft Mark eingefallen und fügte der märkischen Umgebung durch Plünderungen und Brandschatzungen sehr großen Schaden zu. Die Angreifer wurden von den märkischen Rittern zurückgetrieben und bei der Rauschenburg an der Lippe geschlagen. Ritter führten damals ein sehr stressiges Leben. Immer wieder kam es zu heftigen Unruhen. Auch im 16. Jh. ließ eine

Fehde die Gegend zum Schauplatz feindlicher Zusammenstöße werden und den Boden um die Rauschenburg erzittern.

Auf diesem historischen Fleckchen Erde, wo einst die Ritter von der Rauschenburg herrschten, hat man heute die Möglichkeit, sich eine gemütliche Kaffeepause mit einem frischen Stück Kuchen zu gönnen, im Hofladen der Familie Tenkhoff, die schon seit Generationen an der Rauschenburg beheimatet ist. Heute steht die Rauschenburg nicht mehr für Ritterkriege, sondern für Spargel und Erdbeeren. Ihr Name ist jetzt mit dem beliebten, dort angebauten Rauschenburger Spargel und den Rauschenburger Erdbeeren verbunden. In den ehemaligen Wirtschaftsgebäuden der Burg befindet sich der Spargelhof Tenkhoff. Während der Spargelzeit hat man im dortigen Hofladen die Möglichkeit, sich neben umfassendem Gemüse, Brot, Eiern und Wurstwaren, täglich auch mit leckerem, frischem Spargel, und während der Erntezeit mit frischen, fruchtigen Erdbeeren einzudecken. Es gibt dort alles, was zum Einkaufen auf dem Bauernhof dazu gehört. Auch ein guter Tropfen Wein wäre nicht zu verachten, der dort zum Genuss erworben werden kann. Wenn der Spargel wächst und als erster kulinarischer Frühlingsgruß von den Feldern rund um die Rauschenburg geerntet wird, lädt Stefanie Tenkhoff zum beliebten Spargel-Event in ganz besonderem Flair ein. Denn dann heißt es wieder: Gala-Dinner und Spargel-Buffet an verschiedenen Tagen, zu dem auch die frisch geernteten Rauschenburger Erdbeeren u. a. für die Dessert-Variationen gereicht werden. Infos und Karten gibt es zur eröffneten Spargelzeit im Hofladen Tenkhoff.

Was aber geschieht, wenn die Phantasie von Zeit zu Zeit in geheimnisvollen Bildern durch längst vergangene Welten erhabener Orte streift, und wenn alte Schlösser und Burgen uns ferne, unbekannte Zeiten und phantastische Persönlichkeiten offenbaren?

Die Rauschenburg ist einer dieser magischen Orte. Man muss nur ganz genau hinschauen, dem Wind lauschen und dabei seiner Phantasie freien Lauf lassen.

Rauschenburg 1980

Die Prinzessin
und die Krone aus Morgentau

Rauschenburg SG

Die Prinzessin
und die Krone aus Morgentau

Auf der Rauschenburg lebte vor vielen Jahren ein reicher Fürst. Der hatte eine Tochter. Sie war zart und schön. Doch ihr Herz schien kälter und härter als der Wehrturm der Burg. Schon längst hatte sie das heiratsfähige Alter erreicht und sollte sich einen Gemahl auswählen. Doch jeden Bewerber, den ihr Vater ihr vorführte, wies sie mit Hohn und Spott ab. Darüber war der Fürst sehr betrübt. Er sagte zu ihr: „Meine Tochter, es ist nicht gut, wenn du so lange unverheiratet bleibst. Suche dir endlich deinen Prinzen."

„Ich soll heiraten? Ich, die schöne, stolze Prinzessin? Nein, ich habe keine Lust dazu. Mein Leben gefällt mir in Freiheit viel besser."

Der König aber gab die Hoffnung nicht auf, seine starrköpfige Tochter umzustimmen, und lud alle jungen, heiratsfähigen Männer aus den bedeutenden Adelsgeschlechtern auf die Rauschenburg ein und stellte sie seiner Tochter vor.

Sie alle brachten kostbare Geschenke mit und warben um die holde Schöne. Die nahm zuerst die Geschenke an. Dann aber rümpfte sie die Nase und machte sich über die Heiratskandidaten lustig. Schließlich erklärte sie: „Ich bin besonders und erwarte auch ein ganz besonderes Geschenk, das nur zu mir und meiner Einzigartigkeit passt."

Dann wandte sie sich dem Fürsten zu und sprach: „Wenn ich schon heiraten soll, dann nicht ohne meine Bedingung: Denjenigen, der mir das besonderste Geschenk macht, den werde ich zum Ehemann nehmen."

Für den Fürsten, der seine Frau schon sehr früh verloren hatte, war die Prinzessin das einzige Liebste, das ihm geblieben war. Er wusste, dass er sie nach dem frühen Tod ihrer Mutter viel zu sehr verwöhnte und ihr alles durchgehen lassen hatte. So ließ er auch dieses Mal ihr ungehöriges Betragen unbeanstandet. Er war in großer Sorge um seine Tochter. Täglich spürte er sein fortschreitendes Alter, und dass der Zahn der Zeit an ihm nagte. Bald brauchte er einen würdigen Nachfolger. Darum wünschte er sich endlich einen netten Schwiegersohn, dem er seine Burg guten Gewissens anvertrauen konnte. Was sollte aus der Prinzessin ohne einen treu sorgenden Ehemann werden, wenn er, der Fürst nicht mehr regieren konnte, weil seine Zeit gekommen war, diese Welt zu verlassen?

Die Fee der Nacht, die nachts über die Erde schwebt, um die Halme auf den Wiesen und das Korn auf den Feldern mit ihrem erquickenden Tau zu segnen, hob ihren Zauberstab und ließ blitzende Funken vom hellen Glanz der Sterne herabfallen. Dieser Sternenglanz ließ die Tautropfen glitzern und reflektierte den Zauber der Himmelssterne.

Die Prinzessin machte ihren morgendlichen Spaziergang durch den Schlosspark. Wie jeden Morgen eines beginnenden Tages strahlten und glitzerten die Sträucher und Blumen im Morgentau. Die Prinzessin bewunderte die bunte Blumenpracht und dachte missmutig daran, dass sie kein einziges Schmuckstück besaß, das so schön glänzte, wie der Morgentau, der so selbstverständlich die Blumen schmückte.

Beim erlesenen Frühstück im Schloss fragte der Fürst: „Meine Tochter, welche besondere Gabe erwartest du denn von deinem Zukünftigen, damit du seine Frau werden willst?"

„Ich will eine Krone mit Perlen aus Morgentau", antwortete die Prinzessin.

Der Fürst ließ die Kunde im ganzen Land verbreiten, dass die Prinzessin den zum Mann nehmen würde, der ihr eine Krone mit Perlen aus Morgentau schenkt. Viele junge Männer im Land beauftragten daraufhin die Goldschmiede landesweit, eine solche Krone herzustellen. Die aber hatten Lieferschwierigkeiten und konnten die Aufträge nicht zu Ende führen. Obwohl die Jünglinge, die ihr Versprechen nicht halten konnten, der Prinzessin die gewünschte Krone zu schenken, zur Strafe in den Kerker der Burg geworfen wurden, blieb die Prinzessin unerschütterlich ihrem Willen treu.

Eines Tages kam ein gut aussehender junger Prinz ans Burgtor und wollte die Prinzessin sprechen. Die kam ballerinengleich angeschwebt, hob ihr hübsches Näschen und fragte ihn, was er für ein Begehren habe. Der Prinz, der von der benachbarten Burg Wilbringen angereist war, antwortete: „Ich möchte Euch Euren Wunsch erfüllen, und Euch die Krone mit den besonderen Perlen schenken."

Die Prinzessin streckte ihre Hand in Erwartung auf das Geschenk aus, um es anzunehmen.

„Ich bitte um Verzeihung, Prinzessin. Ich habe die Krone mit Perlen aus Morgentau noch nicht."

Die Prinzessin entzog ihm ihre Hand und fuhr ihn entrüstet an: „Das ist unerhört!"

„Verzeiht, Prinzessin, der Grund ist, dass ich Euch so sehr schätze. Mit der Krone möchte ich Eurem Wunsch vollkommen entsprechen. Da Ihr so besonders und einmalig seid, sollt Ihr genau die Perlen bekommen, die Euch angemessen sind. Darum bitte ich Euch, morgen früh durch den Schlosspark zu gehen und Euch die Perlen

aus Morgentau, die Euch gefallen, selbst auszu-
suchen. Ich werde am Ende des Parks auf Euch
warten und Eure gesammelten Perlen gerne in
Empfang nehmen. Dann lasse ich Eure Krone
damit kreieren. Seid Ihr damit einverstanden?"

Die Prinzessin nickte. Sie entfernte sich, und ihre
Vorfreude stieg ins Unermessliche. Bald würde
sie genauso strahlen, wie die wunderschönen
Blumen im Park.

In der Frühe des nächsten Tages schritt die
Prinzessin durch den Schlosspark. Entzückt
wandelte sie zwischen den Blumenbeeten auf
und ab. Die Anmut der Blumen berauschte ihre
Sinne. Der Morgentau lag glänzend auf den
Blüten und Blättern der Pflanzen, aus den
Kelchen der Blumen schauten herrliche Tau-
perlen heraus, und eine leuchtende Perle über-
strahlte die andere. Es war wie ein prächtiges
Feuerwerk, wenn das Licht der frühen Sonne auf
den Tau fiel. Die Prinzessin sammelte die
größten und schillerndsten Perlen aus Morgentau. Tröpfchen für Tröpfchen ließ sie in ein

kristallenes Gefäß rinnen, das sie bei sich trug. Perlen sammelnd durchwanderte sie den Park. Als sie vielen Blumen eine Perle entnommen hatte und am anderen Ende des Parks angelangt war, wartete am Tor der Prinz von Wilbringen auf sie.

„Nun, Prinzessin, gebt mir die Perlen aus Morgentau, damit ich Eure Krone für Euch fertigen lassen kann."

Vorsichtig öffnete die Prinzessin ihr Kristallgefäß. Es war leer. Beschämt erkannte sie, dass sich ihre Perlen aufgelöst und in Wasser verwandelt hatten. Sie blickte in ihre feuchten Handflächen und traute sich nicht, den Prinzen anzusehen, weil sie sich so sehr schämte.

Der Prinz, der schon sehr lange in die Prinzessin verliebt war und sich durch ihren Hochmut niemals hatte abschrecken lassen, fragte sie: „Wollt Ihr mich nun auch in den Kerker werfen lassen, oder wollt Ihr mir mein Herz zurückgeben, das schon lange Euch gehört, oder wollt Ihr mir nun Eure Hand reichen?"

Zaghaft legte die Prinzessin ihre Hand in seine und vergaß ihren Stolz und Hochmut, die dahingeschmolzen waren, wie die Tautropfen in der Schale. Der Prinz streichelte ihre errötende Wange und bemerkte, wie zart diese war. Er sagte: „Seht Ihr, Prinzessin, aus dem glitzernden Morgentau ist lebenswichtiges Wasser entstanden, das für das Leben viel wichtiger ist, als für Stolz und glitzernden Schmuck."

Sie lächelte ihm zu, und zart fanden sich ihre Lippen.

Mit großer Verwunderung und sehr erfreut nahm der Fürst die wundersame Wandlung seiner Tochter zur Kenntnis. Denn nun wünschte sie sich selbst ihre Hochzeit von ganzem Herzen. Der Tag war noch nicht zu Ende, da ließ die Prinzessin alle zu Unrecht Eingeschlossenen aus dem Kerker frei und lud die armen verschmähten Bewerber zu ihrer Hochzeit ein. Es dauerte nicht lange, da sahen beide Verliebten glücklich vermählt einer märchenhaften Zukunft entgegen. Nie wieder aber wünschte sich die Prinzessin eine Krone mit Perlen aus Morgentau.

Die Jungfrau im Burgteich

Es gab einmal einen Ritter auf der Rauschenburg. Der war furchtbar geizig. Überall griff er Reichtümer ab, hortete Schätze und war bald ein wohlhabender Mann geworden. In der Gier nach immer mehr Besitz war er unersättlich.

Während eines schlimmen Unwetters klopfte eines Abends eine Jungfrau, die bei Sturm und Donner nicht rechtzeitig nach Hause gekommen war und sich verirrt hatte, hungrig ans Burgtor, um Hilfe zu finden. Doch der geizige Ritter wollte sein Dach und seine Speisen nicht mit ihr teilen und wies sie von den Pforten seiner Burg ab. Die Jungfrau rutschte danach geschwächt von der regennassen Zugbrücke, fiel in den Burggraben und versank in der dunklen Tiefe. Der Raubritter war so geizig, dass er den größten Teil seiner Schätze nicht in seiner Burg aufbewahrte. Um Gold, Silber, Schmuck und andere Wertgegenstände vor seinen Feinden gut zu verstecken, vergrub er alles Nachts an einem nahen Ort im Wald. So konnte niemand, der je seine

Schatzkammer im Turm betreten würde, die Reichtümer dort finden, und das helle Strahlen und Blinken des Schatzes war nun mit dunkler Erde bedeckt. Nur manchmal kommt der Schatz in Vollmondnächten hervor und zeigt sich dem, der reinen Herzens ist.

Lange Zeit nach dem Verschwinden der Jungfrau hat der Raubritter nicht mehr gelebt. Er geriet bald in eine Fehde und unterlag beim Kampf seinen Gegnern. Vor diesem Ende hatten ihn all seine angesammelten Reichtümer nicht retten können. Den Schatz des geizigen Ritters bei der Rauschenburg aber hat bis heute noch niemand gefunden.

Sie entsteigt der dunklen Gräfte um die Rauschenburg und bewegt sich lupenrein durch die Landschaft. Anmutig schreitet sie am Lippeufer entlang. Ihre Schönheit und ihre Lieblichkeit sind unübertroffen. Manchem einsamen Spaziergänger hat die Wasserfee schon als Erscheinung gegenübergestanden. Solch ein Wesen muss vom Himmel kommen, deuteten ihre Betrachter. Der tiefe Blick ihrer smaragdgrünen Augen hatte sie emotional stark berührt. Die Wasserjungfrau gibt viele Rätsel auf. Jeder, der sie je gesehen hat, ist gleich von ihr gefangen und wird sie niemals mehr vergessen. In den Nächten erscheint sie ihm in seinen Träumen.

Wer ist sie? Woher kommt sie? Wohin gehört sie? Dem schimmernden, spiegelnden Wasser der Gräfte entstiegen, scheint sie zu schweben, so leichtfüßig bewegt sie sich am Flussufer entlang. Oft bleibt sie stehen und hält inne, wenn sie etwas auf dem Boden sieht. Verschiedene Dinge nimmt sie auf und betrachtet sie mit größtem Interesse. Sucht sie den verschollenen Schatz des geizigen Ritters? Oft richtet sich ihr sehnsuchtsvoller Blick ins Weite. Sind es Erinnerungen, die sie quälen oder Erwartungen, die sie einfangen? Wenn der Vollmond unbeweglich am Nachthimmel steht und aufs Wasser scheint, dann tut sich in der Gräfte eine hohe Welle auf, hinter der ihre Gestalt sich danach verliert.

Es geht eine Sage um, dass in der Gräfte um die Rauschenburg ein uralter Wassergeist existieren soll, der schon so manches Mädchen zur Meerjungfrau verzaubert hat. Auch die vor langer Zeit darin ertrunkende Maid hatte er in eine Meerjungfrau verwandelt und sie somit in ihrer neuen Gestalt weiterleben lassen. Ihr schöner junger Körper war nur noch in der oberen Hälfte menschlich, die untere Hälfte, von der Hüfte abwärts, setzte sich als mit violett schimmernden

Schuppen bedeckter Fischschwanz fort. Die junge Meerjungfrau war darüber sehr betrübt und weinte. Bald kam die gütige Wasserfrau zu ihr und sprach: „Liebes Kind. Du bist jetzt zwar eine Meerjungfrau und kannst in allen Gewässern zuhause sein. Das kann ich nicht von dir nehmen. Aber ich will dir dazu verhelfen, dass du dich immer zur Vollmondzeit, am Tage und nachts, bis der Mond unbeweglich am Nachthimmel steht und aufs Wasser scheint, auf zwei Beinen fortbewegst. Bedenke, nur durch die Liebe eines menschlichen Jünglings kannst du von deinem Schicksal befreit werden und selbst wieder Mensch sein. Die Wahrscheinlichkeit, dass dich einer findet wächst, wenn du an Land ein vierblättriges Kleeblatt findest. Erst dann, wenn ein Jüngling zu dir steht, wirst du deine menschliche Gestalt wiedererlangen. Denn weil Eva, als sie mit Adam aus dem Paradies vertrieben wurde, ein vierblättriges Kleeblatt mitnahm, hält jeder, der ein Kleeblatt mit vier Blättern findet ein kleines Stück aus dem Paradies in den Händen und das bringt ihm Glück. Doch zunächst musst du das Glück haben, eines zu finden."

So kommt es, dass immer dann,

wenn Vollmond ist,

… die verzauberte Meerjungfrau in den weiten Lippewiesen bei der Rauschenburg nach ihrem Glück sucht, das sie eines Tages erlösen soll.

Der Liebeskelch

Prinz Adrian von der Rauschenburg war noch ein kleiner Junge, als die liebliche Clara, die Tochter des Schäfers, geboren wurde. Sie war ein kluges Kind und liebte die Tiere. Der Beruf ihres Vaters bedeutete ihr viel und so hatte sie sich schon in ihrer Kindheit vorgenommen, später auch einmal Schäferin zu werden. Sie gab jedem der Schafe ihres Vaters einen eigenen Namen, mit dem sie es auch ansprach. Sie brauchte die Tiere dann nur bei ihrem Namen zu rufen, als sie auch schon blökend angerannt kamen. Für Clara waren die Schafe ihre Freunde, die sie herzlich liebte.

Adrian hatte seine Wurzeln im Adel. Sein Vater, König des ewigen Rauschens zur Lippe von der Rauschenburg, war Herrscher über die frühen Stromschnellen des Lippeflusses, der direkt neben seiner Burg entlangfloss. Der Herrscher konnte gut mit Schwert und Degen umgehen und hatte die Führung und das Kommando über die Lippeflotte. Stets achtete er darauf, dass die Schiffe die Stromschnellen sicher durchquerten,

um zum Ziel zu gelangen, damit der Landes-
friede erhalten blieb. Seine Mutter Elisabeth, die
aus dem berühmten Adelsgeschlecht der von
Hohenfels abstammte, weckte in Adrian die
Liebe zu den Pferden. Er konnte besser reiten
und fechten als alle anderen Jungen seines
Alters. Als er acht Jahre alt war, starb seine
Mutter und vererbte ihm ein kostbares
Geschmeide, das, wie seit Generationen üblich,
auch er seiner zukünftigen Frau einmal zur
Hochzeit schenken durfte.

Adrian und Clara waren schon als Kinder
unzertrennlich. Je größer sie wurden, umso
stärker wurde ihre Freundschaft. Sie unter-
nahmen vieles gemeinsam. So durchstreiften sie
die Wälder, Wiesen und Felder rund um die
Burg. Sie war dreizehn und er fünfzehn, als beide
sich gegenseitig versprachen, ein Leben lang
füreinander da zu sein.

Manchmal nahm Adrian Clara mit in die Burg,
wo sein altes Kindermädchen ihnen das Tanzen
beibrachte. Wenn Clara daheim die Schafe des
Vaters hütete, leistete Adrian ihr oft Gesellschaft
und sie sprachen über Gott und die Welt. Sie

hatten keine Geheimnisse voreinander. Einmal zeigte Adrian ihr sogar das Erbstück seiner Mutter. Clara war vom Funkeln des Goldes und der Edelsteine fast geblendet. Sie wollte sich nicht vorstellen, dass dieses wertvolle Schmuckstück einmal der Ehefrau ihres besten Freundes gehören würde.

Die Zeit verging, und aus beiden Kindern wurden Erwachsene, die sich immer noch sehr zugeneigt waren. Bald hatten sie das Alter erreicht, in dem man sich mit einem Partner verbindet, um eine Familie zu gründen. Für die beiden schien das keine Frage zu sein, sie wollten sich in ihrem Leben überhaupt nicht mehr trennen. Der König war damit jedoch nicht einverstanden. Er sah in Clara ein bodenständiges junges Mädchen, mit dem man gewiss Pferde stehlen konnte, doch wünschte er sich für seinen Sohn eine standesgemäße Frau. Er dachte an das Edelfräulein Constanze, die einer wohlhabenden Adelsfamilie entstammte und mit deren Vater er in erfolgversprechenden politischen Beziehungen stand. Wie gut, dass Adrian selten daheim war, da er sich auf seine Aufgabe als zukünftiger

König vorbereitete, wozu er sich in der Kampfes-
kunst übte. Denn die Zeit würde kommen, dass
sein Sohn ihm auf den Thron folgen würde.
Deshalb war er oft zu Turnieren unterwegs. So
vergaß er seine kleine Freundin aus der Jugend-
zeit wahrscheinlich bald, hoffte der König.

Constanze war zweifellos schön. Adrian wusste,
dass sie aus reichem Hause stammte und dass
sein Vater sie sich zur Schwiegertochter auserkoren hatte. Aus diesem Grund gab es zwischen
Vater und Sohn immer wieder Streit auf der
Rauschenburg, denn Adrian hatte Clara sein
Wort gegeben. Wenn er sie auch lange nicht
mehr gesehen hatte, so fühlte er sich ihr doch
verbunden.

Clara vermisste Adrian sehr. Die Schafe waren
ihr einziger Trost. Sie wichen ihr nicht von der
Seite, wenn sie traurig auf ihrem Sitzstein bei der
Rauschenburg saß und sich ihrem Kummer
darüber hingab, dass der König sie ablehnte.

Als sie eines Tages wieder einmal so traurig
dasaß, kam ihre Großmutter zu ihr und fragte sie
nach dem Grund ihrer Niedergeschlagenheit.

Clara offenbarte ihr ihren Liebeskummer: „Oh, Großmutter! Ich will am liebsten sterben, so weh tut mir mein Herz, dass ich es nicht mehr ertragen kann."

„Mein Kind, wenn du sterben willst, nimmst du selbst dir die Möglichkeit, glücklich zu sein."

„Wie sollte ich glücklich werden? Sein Vater, der König, ist gegen uns."

„Denke immer daran, der Schlüssel zum Glück ist in jedem Menschen selbst, Clara."

Clara wusste, dass die Großmutter in ihrer Vitrine, die immer abgeschlossen war, besondere Dinge aufbewahrte. Darunter befand sich ein goldener Kelch. Sie hatte ihn von Großvater geschenkt bekommen, der ihn einst von einer weiten Reise mitbrachte. Dieser war nicht irgendein Kelch. Es war ein Liebeskelch, von dem es hieß, man solle ihn in einer Sternennacht ins Freie stellen und auf Sternschnuppenregen hoffen. Wenn sich am frühen Morgen Himmelsgold darin befand, sei einem das Glück in der Liebe sicher. Dieses kostbare Gefäß trug die

Aufschrift: *Fülle den Kelch randvoll mit Liebe und der Kelch bleibt immer randvoll mit Liebe.*

Großmutter hütete diesen Schatz wie ein Heiligtum, denn ihr hatte er Glück in der Liebe gebracht, weil sie Großvater, den Mann ihrer Träume, geheiratet hatte. Bei wahrer Liebe sollte der Kelch magische Kräfte entfalten, die das Himmelsgold an sich ziehen, heißt es. Wenn dann Himmelsgold darin ist, darf man sich Liebe wünschen, die erfüllt wird, sagt man.

An ihrem 18. Geburtstag erhielt Clara diesen Kelch zum Geschenk. Endlich konnte sie dem Zauberkelch ihren Herzenswunsch anvertrauen. Allabendlich stellte sie den Kelch hinaus in den Garten und wartete auf Sternschnuppen, die ihr Himmelsgold fallen ließen. Doch wenn sie am Morgen nachschaute, war der Kelch leer.

Prinz Adrian kam vom Turnier nach Hause und der König ließ auf der Rauschenburg ein großes Willkommensfest ausrichten. Hierzu lud er Constanze mit ihren Eltern ein, um sie in die

Familie einzuführen. Adrian aber lud Clara zu dem Ball ein. Zwei Tage vor Beginn der großen Festlichkeiten nahm er sie mit in die Rauschenburg, um sein altes Kindermädchen, das nun seine Zugehfrau war, darum zu bitten, ein Ballkleid für Clara zu besorgen. Die beiden freuten sich schon riesig darauf, das erste Mal auf einem richtigen Ball miteinander zu tanzen.

Beim großen Festball erschien Clara im traumhaften lavendelfarbenen Kleid. Sie sah zauberhaft schön aus, wie eine Märchenprinzessin. Die anderen Gäste schenkten ihr bewundernde Blicke, als Adrian sie in den Saal führte. Das sah der König. Er schritt auf das Paar zu und forderte von seinem Sohn: „Du sollst endlich die Finger von dieser kleinen Schäferin lassen. Ich habe Constanze von Reich als deine Tischdame eingeladen."

„Ich denke nicht daran, Vater…"

„Keine Widerrede, mein Sohn. Als mein Sohn und Nachfolger hast du eine Pflicht zu erfüllen. Deine persönlichen Wünsche spielen hierbei keine Rolle."

Seine Machtworte verletzten Clara sehr. Sie ließ Adrian los. Er aber wollte sie nicht gehen lassen und hielt sie fest. Wie betäubt hörte Clara sich sagen, dass er auf seinen Vater hören, und seine Bestimmung erfüllen müsse. Dazu wünschte sie ihm alles Glück der Welt und lief davon.

Ein dumpfes Gemurmel ging durch die Umstehenden: „Nicht standesgemäß", raunten sich die Leute im Saal zu. „Sie ist nicht standesgemäß!" – „Sie ist nur die Schäferin!"

Das spöttische Lachen klang noch in ihr nach, als sie wieder zu Hause bei ihren Schafen war. Clara litt stumm, und obwohl die Sterne so reichlich am Himmel standen, wie schon lange nicht mehr, ließ sie ihren Liebeskelch im Haus. Dort blieb er viele Tage. Clara traute sich nicht einmal, ihn anzusehen. Eines Tages sagte die Großmutter zu ihr: „In den kommenden Nächten regnet es Sternschnuppen. Willst du nicht den Kelch in den Garten stellen?"

„Nein. Ich lasse Adrian gehen", antwortete Clara gequält. „Er soll eine andere heiraten."

„Er soll? Wer sagt das? Möchtest du, dass er eine andere zur Frau wählt?" fragte die Großmutter.

„Nein, natürlich nicht."

„Warum kämpfst du dann nicht um ihn?"

„Ich soll um ihn kämpfen? Gegen seinen Vater, den König? Gegen die reiche und schöne Constanze? Bei mir hat er sich außerdem nicht mehr blicken lassen, also wird er wohl zu ihr gehen."

„Und du nimmst das einfach so hin, Kleines? Großmütig sagst du, dann soll er sie bekommen, ich verzichte freiwillig auf ihn und halte mich zurück, wie die kleine Meerjungfrau, damit ich wie sie zu Schaum werde. Willst du das wirklich?"

Clara schüttelte den Kopf. Am Abend stellte sie ihren Kelch in den Garten unter das weite Sternenzelt. Beim nächsten Morgengrauen war der Kelch nicht mehr leer. Clara fand darin ein winziges Stückchen. Es war dunkel und erstrahlte nicht in der aufgehenden Sonne. War es Sternenstaub? Clara fragte sich, ob das

Himmelsgold sei. Ihr Verstand sagte „nein“, doch ihr Herz glaubte daran. Schon früh begab sie sich zur Weide und setze sich auf ihren Stein, umgeben von ihren blökenden Schützlingen. Sie dachte an Adrian, an den Kelch, an ihren Wunsch und das Himmelsgold. Immer mehr gerieten ihr Herz und Verstand in Widerstreit. So war ihr Herz schwer, von Trauer erfüllt, und sie hatte jede Hoffnung verloren. Während sie noch mit geschlossenen Augen nachsann, und die ersten warmen Sonnenstrahlen auf der Haut spürte, fühlte sie plötzlich noch etwas anderes. Es war eine sanfte Berührung.

Adrian hatte sich von hinten an sie herangeschlichen, legte ihr das Collier seiner Mutter um den zarten Hals und verschloss das kostbare Brautgeschenk. Überrascht ertastete Clara das edle Geschmeide auf ihrer nackten Haut, wandte sich um und erblickte ihren Liebsten. Ihr Mund öffnete sich, doch bevor sie noch etwas sagen konnte, küsste Adrian sie, und als die Morgensonne wurde geboren, hat er ihr ewige Liebe geschworen.

Liebesbotschaft

Liebesbotschaft

Prinzessin Anna-Maria von der Rauschenburg bekam zu ihrem Geburtstag von ihrem Angebeteten, Prinz Albert von Hohenstein, ein großes Paket geschenkt. Voller Neugier öffnete sie es, und heraus kam ein etwas kleineres Paket. Auch dieses öffnete sie und erhielt daraus ein ebenso gut verpacktes weiteres Paket. Anna-Maria war verwirrt und glaubte, dass ihr Liebster sie aufregen wolle, denn diese ungewohnte Tätigkeit des wiederholten Paketöffnens strengte sie an. Doch da sie sehr neugierig war, öffnete sie noch drei weitere Pakete, bis sie ein kleines Päckchen fand. Dieses öffnete sie und erblickte eine schwarze Kugel. Es handelte sich um eine Kanonenkugel. Die Prinzessin war verwirrt. Was um alles in der Welt sollte sie mit einer Kanonenkugel anfangen? Enttäuscht warf sie die kleine Kugel in die Ecke des Zimmers, in dem sie sich befand. Doch als sie von der Wand abprallte, sprang sie entzwei. Heraus fiel eine etwas kleinere Kugel aus Silber. Die Prinzessin hob sie auf. Nachdenklich rollte sie die Kugel zwischen ihren Handflächen hin und her und überlegte, welchen Sinn diese Gabe ihres Liebsten wohl hatte. Plötzlich zerbrach die Silberkugel in zwei Hälften und zum Vorschein kam eine kleine goldene Schatulle.

Prinzessin Anna-Maria hielt den Atem an. Aufgeregt versuchte sie nun, die Schatulle zu öffnen. Der Verschluss gab nicht nach. Sie gab nicht auf, von unten gegen den Verschluss zu drücken, bis ihre Finger schmerzten. Plötzlich sprang der Deckel auf. Vor ihren Augen lag auf dunklem Samt ein kostbarer, goldener Ring mit blitzenden Diamanten. Anna-Maria atmete tief ein und wieder aus. Ein kleiner zusammen-gefalteter Zettel lag neben dem Ring, auf dem stand „Ich liebe Dich!"

Die Prinzessin war glücklich, dass ihr Prinz, dem sie ihr Herz schenkte, es auch annahm, denn er liebte sie, wie sie ihn. Trotz seiner Liebe oder vielleicht gerade wegen seiner Liebe zu ihr hatte er sie auf die Probe gestellt. Er wollte erfahren, wieviel Geduld sie seiner Liebe entgegenbringt.

Der Jungbrunnen im goldenen Schrein

Der Jungbrunnen im goldenen Schrein

Als Johanna noch ein kleines Mädchen war, starb ihre Großmutter, die sie nach dem frühen Tod der Eltern versorgt hatte. Ihr Großvater versuchte sie zu trösten und sagte: „Hanna, die Großmutter ist jetzt ein Engel und passt von oben gut auf dich auf. Ich achte hier unten auf dich." Doch schon bald darauf folgte er seiner geliebten Frau in den Tod. Hanna kam in ein Heim. Seit der Zeit hatte sie Angst, dass wenn sie morgens aufwachte, die Sonne nicht mehr scheinen würde. Weinend und mit ihrem Schicksal hadernd, wünschte sie sich, dass das Leben niemals enden möge, damit Menschen, die sich auf Erden liebten, sich niemals trennen müssten.

Plötzlich kam ein Engel zu ihr. Weil ihn endlose Gottes- und Nächstenliebe erfüllte, war er von großer Anmut und Schönheit, und sein Antlitz leuchtete. Seinen unermesslichen Strahlenglanz verhüllte er mit einem dunkelblauen Mantel, und in seinen Händen glänzte ein goldener Schrein.

Lächelnd überreichte der Engel Hanna diesen Schrein. Liebe leuchtete aus seinen Worten, und er sagte zu ihr: „Dieser Schrein, der bist du. Darin findest du einen Jungbrunnen. In ihm liegt ein Zettel, auf dem ein Wunsch geschrieben steht. Wenn dies auch dein Wunsch ist, nimm den goldenen Stift aus dem Jungbrunnen und schreibe ein *Ja* hinzu. Wenn du aber einen anderen Wunsch hast, schreibe ihn auf und lege den Zettel wieder ins Kästchen hinein."

Noch bevor sie den Kasten entgegennahm, antwortete sie dem Engel: „Ich wünsche mir meine Familie für immer zurück."

Der Engel lächelte und sprach: „Diesen Wunsch kann der Schrein dir nicht erfüllen. Denn die, die von Dir gegangen sind, haben ihre Aufgabe hier auf Erden vollbracht und waren reif für Neues. Darum sind sie nicht mehr hier. Würdest Du sie zurückholen, verhindertest du das, was wichtig für sie und für alles ist. Denn niemand und nichts verschwindet spurlos. Alles transformiert sich, erwacht eines Tages aus der Illusion des Getrenntseins und erkennt die untrennbare

Einheit mit allem was ist. Das ist dann das Ende jeglicher Angst und aller Kämpfe."

„Schade, dass sie nicht zu mir zurückkehren können", sagte Hanna traurig.

„Du aber kannst dir die ewige Jugend wünschen, wenn du das möchtest. Dem Spiegel darfst du alles anvertrauen, was dich bewegt. Nun nimm den Schrein und wähle deinen Wunsch." Der Engel hielt ihr seine Gabe hin. Behutsam nahm Hanna nun den Schrein in ihre zitternden Hände. Als sie ihn vorsichtig öffnete, sah sie in einen Spiegel, der auf der Innenseite des Deckels angebracht war und auf dem mit goldenen Buchstaben geschrieben stand: *Die Liebe ist alles, was zählt.* Sie blickte in den Spiegel und hörte, wie der Engel sprach: „Wenn du in den Spiegel schaust, tu es nicht aus Eitelkeit. Schau hinein, wenn du deine Seele befragen möchtest, um dich selbst kennenzulernen. Immer wenn dein Blick auf dich selbst getrübt ist, und du deine Seele ergründen möchtest, dann sieh in den Spiegel. Er führt dich hinter die Kulissen deines Bewusstseins und wird dir helfen, dich selbst zu finden."

Im Schrein befand sich ein goldener, mit Edelsteinen besetzter Brunnen. Es war ein Jungbrunnen, in dem ein gerollter Zettel und ein goldener Stift lagen.

Mit kindlichem Staunen, das wertvolle Kästchen in der Hand, überlegte Hanna, was sie sich immer schon gewünscht hatte. Unzählige Wünsche fielen ihr ein. Sie purzelten in ihrem Kopf durcheinander. Manche einst heißen Wünsche waren wieder kalt geworden, so dass sie schon längst nicht mehr wahr waren. Sie überlegte, welches nun ihr größter Wunsch war. Als sie noch so nachsann und sie sich für keinen der Wünsche, die ihr einfielen, entscheiden konnte, hörte sie den Wind raunen: „Dein Wusch steht schon auf dem Papier. Wünsch dir Jugend für immer und ewiglich."

Die Luft war schwer und die Stimmung gespannt, da las Hanna, was auf dem Zettel geschrieben stand: *Immer und ewig will ich jung sein, ungebrochen und kraftvoll allezeit. Alt werden soll bei mir nur der Wein, und ich bleibe jung bis ans Ende der Zeit. Auf immer und ewig werde ich nicht alt. Betören will ich durch*

Jugendlichkeit. Mein Herz, das werde niemals kalt. Mein Körper soll schwingen in Herrlichkeit.

Während Hanna noch dachte, dass das doch niemals möglich sein könnte, drehte sie das Blatt um und schrieb *Ja* darauf.

Die Jahre vergingen, der Kalender hatte viele Jahre gezählt. Der Schrein begleitete Hannas Leben, und wenn sie in den Spiegel ihres Wunderkastens sah, erblickte sie sich jedes Mal jung und schön. Jung fühlte sie sich auch im Kopf und in ihrem Herzen. Sie wurde einfach nicht älter, verspürte keine geistige Schwäche und keinen Altersschmerz.

Nachdem 60 Jahre vorüber waren, sagte sie dankbar zu ihrem Spiegelbild: „Mir geht es prima, ich fühle mich gut. Mein Traum wurde wahr und ich blieb jung."

Noch weitere Jahre vergingen, und Johanna wurde es angst und bange. Sie fragte sich: „Was ist nur los? Die Jahre gehen dahin, ich bin immer noch fit, doch fast alle meine Lieben haben mich schon verlassen."

Weitere zehn Jahre später klagte sie ihrem Spiegelbild, aus dem sie sich unverändert jung und schön entgegenblickte: „Alle meine Lieben sind nun schon gegangen, und keiner von ihnen nahm mich mit sich mit. Ich lebe nun schon so lange allein und altere immer noch nicht. Was ist das nur für ein Leben hier auf dieser Welt! Heute kenne ich keinen Menschen mehr so richtig. Alle, die um mich herum sind, kamen viel später auf diese Welt als ich und sehen, obwohl sie jünger sind als ich, schon älter aus. Obwohl ich jung ausschaue, finde ich zu ihnen nicht den richtigen Kontakt, denn ich verstehe nicht die Art der Zeit, in der sie leben. Ihr Denken ist von meinem endlos weit entfernt. Es lässt sie neue und andere Wege gehen, als ich sie gewohnt bin. Vieles, was man mir einst beibrachte und was ich gelernt habe, lässt mich aber auf meinem Weg beharren. Ich bin dieser neuen Zeit nicht gut gewogen, schätze lieber meine alten Werte."

Hanna blieb jung und mobil, ohne das Haus zu verlassen. Denn die Welt, die sie umgab, verstand sie nicht mehr. Eines Tages setzte sie sich wieder vor ihren Schrein, nahm den Zettel hervor und las: *Immer und ewig will ich jung sein, ungebrochen und kraftvoll allezeit. Alt werden soll bei mir nur der Wein, und ich bleibe jung bis ans Ende der Zeit…*

Jung bis ans Ende der Zeit, dachte sie und fragte sich: Wann ist das Ende der Zeit? Hat die Zeit überhaupt ein Ende? Was ist, wenn die Zeit niemals endet? Das würde ich nicht ertragen. Sie blickte lange in den Spiegel und sagte: „Ich wünsche mir nun oft, ich würde endlich alt, um meinen Lieben bald nachzugehen. Wäre auch meine Haut am Ende kalt, könnte dann unsere Wiedervereinigung geschehen, für immer und alle Ewigkeit. Ich weiß es jetzt: Im Herzen sind wir alle jung, auch wenn wir älter werden. Doch erst, wenn unsere Seelen sich vereinen für alle Zeit, kann das Neue geschehen. Ich fühle mich jetzt so allein. Es gibt niemanden mehr, der mich liebt und ich kenne niemanden, der sich meine Liebe wünscht und den ich lieben darf und kann. Die Liebe aber ist alles, was zählt.

Kräfte des Himmels und der Erde, des Wassers und des Feuers, steht mir bei! Lasst mich endlich gehen…"

Doch nichts geschah. Hanna fing an zu weinen und ging dann zu Bett, doch sie konnte schon seit sehr langer Zeit nicht mehr schlafen. So stand sie wieder auf und setzte sich vor ihren Schrein. Sie öffnete ihn, blickte in den Spiegel und sagte: „Engel, wo bist du? Ich wünschte mir die ewige Jugend, doch nicht die Unsterblichkeit! Bitte besuche mich wieder und hilf mir, von dieser Welt zu gehen. Ich möchte nicht mehr ewig jung sein. Ich will mich verändern, steinalt sein und endlich gehen dürfen. Ich bin reif für das Neue, wie alle die, die vor mir von dieser Welt gegangen sind!"

Da erschien der Engel vor ihr und sprach: „Nun leg dich schlafen und beginne zu träumen."

„Aber ich kann doch nicht mehr schlafen", klagte Hanna.

„Das kommt dir nur so vor", lächelte der Engel. „Nun träume etwas Schönes." Dann verschwand er wieder. Hanna legte sich nieder, schloss die Augen und dachte über ihr langes Leben nach, das sie gar nicht mehr in die gelebten Zusammenhänge einordnen konnte, und über die Einsamkeit, die sie schon so lange quälte.

„Ich glaube, Engel, du rettest mir gerade das Leben", flüsterte sie ermüdet und schlief ein. Sie träumte von einem Fluss, über den eine weiße Brücke führte. Auf der anderen Seite des Flusses war alles in strahlendes Licht getaucht. So ein Licht hatte sie noch nie zuvor gesehen. Hanna fühlte sich so glücklich, wie schon lange nicht mehr. Als sie die Augen wieder öffnete befand sie sich auf einer Etage. Dort gab es verschiedene Aufzüge. Einige hatten Türen, die hell und schön leuchteten, andere aber waren unscheinbar, dunkel oder hässlich. Plötzlich öffnete einer der Aufzüge seine Tür. Hanna sah darin das Licht und stieg ein. Neben ihr stand der Engel, der sie liebevoll umfasste. Sie war froh und glücklich, endlich an ihrem Ziel angekommen zu sein.

Anglerglück

Anglerglück

Hubertus und Matthias, zwei leidenschaftliche Angler saßen am Lippeufer und angelten. Mit Beginn der Abenddämmerung ging der Sternenhimmel auf, und wieder war ein Tag vergangen, ohne dass sie einen einzigen Fisch gefangen hätten. Schon seit einer ganzen Woche hatten sie kein Anglerglück mehr, und es ging ihnen nichts an die Angel. In zwei Tagen aber würde ein großes Fest auf der Rauschenburg stattfinden, zu der ein traditionelles Fischessen gereicht werden sollte. Hubertus und Matthias hatten fest versprochen, mit ihren gefangenen Fischen maßgeblich zum Gelingen des Speiseplans beizutragen. Viel Hoffnung, ihr Versprechen doch noch erfüllen zu können, verspürten sie zu diesem Zeitpunkt nicht. Dabei hatten beide mit ihrem großen Fangglück sehr angegeben und dadurch erreicht, dass gerade auf ihren Fang größter Wert gelegt wurde. Jeder hatte einen großen Eimer mitgenommen, und nun hofften sie, beide Gefäße mit vielen Fischen gut gefüllt heimzubringen.

Matthias sagte: „Ich glaube, wir gehen besser gar nicht nach Hause. Es ist mir so unangenehm, dass wir schon wieder nichts gefangen haben. Jetzt ist es bald dunkel und wir können die ganze Angelei vergessen."

Hubertus erwiderte: „Ich werde auch schon müde. Wir müssen aufpassen, dass wir mit unseren Angeln nicht ins Wasser fallen."

Beide schauten verbittert in die dunkle Strömung und kein Fisch zeigte sich. Dafür zeigten sich am Himmel unzählige Sterne. Matthias blickte nach oben und sagte: „Sieh besser nicht ins dunkle Wasser. Sonst fällst du vielleicht wirklich müde hinein. Schau lieber, wie viele helle Sterne am Himmel stehen. Wenn nur ein Bruchteil von ihnen als Fische in der Lippe schwimmen würde."

„Ja", nickte Hubertus, „dann säßen wir jetzt nicht mit leeren Eimern hier."

„Stimmt", bestätigte Matthias. „Wie schön die Sternbilder sind. Schau doch, die vielen Muster und Gestalten."

„Ja, das Firmament mit seinen zahllosen Sternen ist faszinierend", antwortete Hubertus. „Man sagt, die Sterne sind die Augen des Himmels. Sie schauen herab und sorgen sich um jeden Einzelnen, mitleidend und tröstend, aber auch zürnend und strafend. Wenn eine Sternschnuppe fällt, kann man sich sogar etwas wünschen."

„Wenn ein Stern vom Himmel fällt, steigt eine Seele hinauf zu Gott, hat mein Großvater immer gesagt. Was stimmt denn nun?" fragte Matthias.

„Vielleicht beides," meinte Hubertus.

Während die beiden noch über die Antwort auf diese Frage nachdachten, entdeckten sie auf einmal eine funkelnde Sternschnuppe inmitten des riesigen Sternenmeeres am Firmament. Wie ein Pfeil fiel sie vom Himmel herab, schoss in rasendem Tempo nach unten und endete nicht weit von ihnen im dunklen Gewässer, das sich golden verfärbte. Jetzt war die Zeit gekommen, dass sie sich etwas wünschten, und so geschah es. Ein Wunder geschah in diesem Augenblick. Das Wasser erbebte, die Angeln gerieten in starke Bewegung und wurden wild hin- und her geschleudert. Ganze Massen Fische kamen nach oben und bissen entfesselt in die Köder. Hubertus und Matthias konnten sie teilweise schon mit den Händen ergreifen. Beide Eimer wurden in Kürze prallvoll. Hubertus sagte: „Jetzt machen sich die Fische auf den Weg dorthin."

„Wohin denn?" fragte Matthias entgeistert und blickte in die vollen Eimer, in denen die Fische noch zappelten.

„Na, du sagtest doch: Wenn ein Stern vom Himmel fällt, steigt eine Seele hinauf zu Gott. Die Fische machen sich nun auf den Weg nach oben, zu den Sternen."

„Haben Fische eine Seele?"

„Ja. Jedes Wesen hat eine Seele. Natürlich."

Hubertus und Matthias sahen noch lange in den Sternenhimmel, so als würden ihre Blicke jemanden begleiten wollen. Dann machten sie sich stolz und zufrieden über ihren gelungenen Fang, aber auch nachdenklich und dankbar auf den Heimweg.

Gemeinsamkeit macht stark!

Es war einmal vor langer Zeit bei der Rauschenburg an der Lippe. Die Honigbiene Wanda hatte viel zu tun. Der Duft des Sommers und das Licht der Blumen zogen sie in ihren Bann. Es gab tausende Blüten zu bestäuben und sie flog rege durch die blühende Landschaft. Ein leichter Wind wehte durch die umstehenden Bäume, als sich Wanda auf einer duftenden Rose niederließ. Plötzlich hörte sie eine Stimme: „Hallo, du da oben, würdest du mir einen Wunsch erfüllen?"

Überrascht lauschte Wanda den Worten der Rose, die einen bezaubernden Duft verströmte.

„Was kann ich für dich tun?" wunderte sich Wanda.

„Du kommst doch viel herum. Könntest du meiner besten Freundin einen Gruß bestellen? Ihr geht es gerade nicht so gut. Sie hat mit sich selbst ein Problem. Sie ist eine Brennnessel und hält sich deshalb für wertlos."

„Aber warum denn?" fragte Wanda verwundert.

„Die Brennnessel wohnt in der Flussniederung, wird dort wenig beachtet und wenn doch, dann beschimpft und getreten. Darüber ist sie sehr unglücklich. Ich möchte sie gerne zum Positiven umstimmen und ihr Lebensfreude schenken. Sie soll wissen, dass sie sehr wohl etwas wert ist. Du könntest ihre Glücksfee sein und ihr ein paar liebe Grüße von mir ausrichten."

„Oh ja, das will ich wohl tun", antwortete Wanda eifrig und flog gleich los.

Ihr Weg führte sie mitten in ein gewaltiges Gewitter, das ihr eine große Angst bereitete. Die Blitze zuckten und zerrissen die Luft, der Donner krachte und enorme Regenmassen stürzten vom Himmel. Wanda war nicht wirklich wohl bei ihrem Unternehmen und sie hätte sich am liebsten verkrochen. Doch als überaus verlässliche Biene erschien es ihr wichtig, eine begonnene, gute Sache zu Ende zu bringen. So schaffte sie es tatsächlich, den gefährlichen Weg bei Hagel, Blitz und Donner in die Flussniederung zu überwinden. Bald schon hatte sie die Brennnessel gefunden. Sie lag breit und platt gedrückt auf dem Boden im Geröll und befand sich im Zustand des Erbarmens. Doch ihre Stimmung erhellte sich schlagartig, als Wanda ihr die lieben Grüße der Rose überbrachte. Die Brennnessel war hocherfreut über die Grüße der Königin der Blumen. Ihre Blätter entfalteten und streckten sich sogleich nach oben in die Lüfte. Wie gut ist es doch, wenn jemand an einen denkt, dachte sie gerührt. Schon bald ging es für die Brennnessel wieder aufwärts.

Wenn man heute an der Flussniederung spazieren geht, dann bleibt man vor Erstaunen stehen und bewundert neben der Brennnessel einen herrlichen, blühenden Rosenbusch. Der liebliche Duft steigt jedem in die Nase und jeder wundert sich über die Harmonie, die die Rose gemeinsam mit der Brennnessel ausstrahlt. Der Rosenbusch aber beschützt die Brennnessel, so dass jeder, der es wagt, sie nur anzurühren, sich an seinen Dornen sticht.

Der vergrabene Schatz

Ein Bauer hatte vier Söhne. Um ihnen eines Tages einen gut glückenden Hof zu übergeben, arbeitete er zeit seines Lebens schwer.

Inzwischen waren seine Kinder erwachsen geworden.

Eines Tages wurde der alte Bauer krank. Als er merkte, dass es mit ihm wohl zu Ende ging, ließ er seine Söhne zu sich kommen und verkündete: „Ich habe für euch einen Schatz, den ich auf dem Feld vergraben habe. Wer von euch diesen Schatz findet, dem soll er gehören."

Bald darauf starb der Vater und wurde begraben. Seine Söhne trauerten sehr um ihn. Hatten sie durch ihn doch ihr Leben und was sie darin besaßen.

Nach der Trauerzeremonie zogen sie sich alsbald die Arbeitskleider an und machten sich gemeinsam auf den Weg zum Feld, um den Schatz zu suchen. Mit Schaufeln gruben sie das Feld um, doch den angekündigten Schatz fanden sie nicht.

Als sie dann im Herbst eine besonders reiche Ernte hatten und die hervorragenden Erträge verkauften, verstanden sie die Worte ihres Vaters. Denn alles was auf dem Feld wuchs, war der Schatz, und die vier Brüder wurden wohlhabende, angesehene Bauern.

Himmelsgold

In einem kleinen Häuschen, nicht weit von der Rauschenburg, lebte vor vielen Jahren eine verarmte Gräfin mit ihrer Enkeltochter Lisa. Das Leben war schwer und sie hatten nicht viel zu essen. Der Wind pfiff durchs kaputte Dach und aus manchen Ecken. Das bisschen Holz zum Anmachen konnte nicht zu einem Feuer entfachen, da der Wind es immer wieder ausblies.

Der Winter war eingekehrt und viele dicke Schneeflocken fielen Tag und Nacht auf die erbärmliche Hütte. Die Schneelast rutschte durch die offenen Spalten im Dach in den Kochtopf und füllte die leeren Töpfe mit Wasser. Eines Tages brach durch den schweren Schnee ein Teil des Daches ein. Da klopfte ein armer Ritter an die Tür. Lisa lief zur Tür und öffnete sie einen Spalt. Die Gräfin fragte: „Wer ist dort?"

„Ein armer Mann, der ganz durchgefroren ist und hungrig aussieht."

„Lass ihn herein und schließ die Tür. Wir haben noch ein wenig zu essen in unserem Schrank. Hole es heraus und stelle einen Teller auf den Tisch."

Der Fremde ließ sich auf den Stuhl fallen. Das bisschen Wärme, das er in der alten Hütte antraf, machte ihn zufrieden. Lächelnd nahm er die Speise und den gereichten Tee zu sich.

„Ich habe ein Plätzchen gesucht, wo ich mich aufwärmen kann. Habt Ihr ein Nachtlager für mich?" fragte der Ritter die Gräfin. „Ich bin so durchgefroren, dass ich kaum den Löffel zum Munde führen kann."

„Ihr dürft heute Nacht bei uns schlafen, neben dem Ofen ist ein Platz."

Sie löschten die Kerzen und begaben sich zur Ruhe.

Lisa konnte nicht einschlafen und sah aus dem Fenster in die Dunkelheit. Sie drückte ihre Nase an die kalte Glasscheibe und ihr heißer Atem brachte die Eisblumen zum Schmelzen. Der Schnee leuchtete hell. Am Himmel standen viele

Sterne. Blitzend schoss plötzlich ein Stern aus seiner Höhe herab auf die Erde, geradewegs auf das Feld des Bauern in der Nachbarschaft. Die beiden Erwachsenen schliefen. Lisa zog sich ihren Mantel über, verließ die Hütte und lief zum Feld. Sie wollte die Stelle finden, wo die Sternschnuppe heruntergekommen war, mit all ihrem Himmelsgold, von dem sie nur ein wenig mitzunehmen brauchte, damit es Wünsche erfüllen, und die Rettung aus der Not bringen würde. Dass himmlische Boten, wie Sternschnuppen und Himmelsgold den Menschen Glück bringen, hatte ihr die Großmutter einmal erzählt. Lisa stapfte durch den Schnee und zitterte vor Kälte. Ihre müden Augen suchten angestrengt nach dem Himmelsgold auf dem weiten Feld. Doch sie konnte nichts finden. Ihre Zähne klapperten in der Kälte, ihre Kräfte verließen sie und sie wurde ohnmächtig.

Durch eine kalte Hundeschnauze in ihrem Gesicht kam sie wieder zu sich. „Prinz! Prinz, wo bist du?" Prinz, der Hund des Barons von der Rauschenburg bellte unentwegt, und der Baron kam angelaufen. Als er das unterkühlte Kind auf der eisigen Bodenfläche fand, zog er seine Jacke aus. Er wickelte Lisa darin ein, um sie zu wärmen. Dann nahm er sie mit zu sich nach Hause, in seine Burg, wo seine Frau ihr ein warmes Bett bereitete. Da Lisa ihm erzählt hatte, wo sie wohnte, ging er zur armseligen Hütte und klopfte dort an die Tür.

Ein Mann öffnete ihm. Es war der Ritter. Wortlos erstaunt sahen beide sich an. Der Baron erkannte in ihm seinen seit langem verschollenen Bruder. Nach einem kurzen Moment des Schweigens fielen sich beide Männer in die Arme. Mit Lisas Großmutter und dem Arzt, den sie auch noch abholten, fuhren sie mit der Kutsche zur Rauschenburg.

Dort hatte Lisa sich mittlerweile ein wenig erholt. Als sie ihre zutiefst besorgte Großmutter sah, umschlang sie die alte Frau und rief: „Es tut mir alles so leid, Großmutter! Ich wollte das Himmelsgold finden, das mit dem Stern heruntergefallen ist, auf das Feld des Bauern. Ich wollte mir wünschen, dass die Not endlich ein Ende haben soll. Aber ich konnte es nicht finden."

Die Not hatte aber trotzdem ein Ende. Denn der Baron, der nichts von der Armut der bescheidenen, alten Gräfin gewusst hatte und durch seinen wiedergefundenen Bruder von ihrer Hilfsbereitschaft erfahren hatte, kümmerte sich ab sofort um sie und Lisa. Sie erhielten ein warmes, trockenes Haus, ärztliche Versorgung und alles, was man zum Leben braucht.

So hatte das Himmelsgold allen doch noch zum Glück verholfen.

Märchen

Märchen verzaubern, beeindrucken, fesseln...
Märchen sind lieblich, grausam und gemein...
Märchen zählen zu einer bedeutsamen und sehr
alten Textgattung in der mündlichen Überlieferung und treten in allen Kulturkreisen auf,
um von ihnen zu lernen.

Sind Märchen überaltert und passen nicht mehr
in unsere Zeit, oder dürfen wir sie heute noch
mögen? Können wir auch heute noch von ihnen
lernen?

Der Begriff „Märchen" ist die Verkleinerungs-
form der mittelhochdeutschen Maere, was
„Kunde, Bericht, Nachricht" bedeutet. Märchen
sind Prosatexte, die von wundersamen Begebenheiten berichten.

Märchen haben eine Reise in die eigene Seele zu
bieten. Man hat die Möglichkeit, sich mit dem
Inhalt des Märchens innerlich auseinanderzu-
setzen und für das Leben Lehren daraus zu
ziehen oder anderen zu vermitteln.

Märchen verkörpern einen wunderbaren Gegensatz zur Schnelllebigkeit unserer heutigen Zeit. Da Lebensweisheit transportiert wird, ist es auch heute noch sinnvoll, von ihnen zu lernen. Sie können eine Orientierung im Leben bieten. Zum Beispiel, wenn wir lernen, dass auch die kleine Geldbörse reicht, um glücklich zu sein und die große uns Unglück bringen könnte. Märchen sind ein Land voller Zauber. Märchen wissen, dass einzig die Liebe die Kraft besitzt, glücklich zu machen, denn sie trägt uns auf Flügeln über Berge, Täler und Meere in das Land voller Zauber und Träume. Es gibt eine Lebenszeit für die Liebe. Mehr Zeit hat man nicht. Bei meinen Lesungen habe ich beobachtet, dass die Eltern den Märchen genauso fasziniert lauschen, wie die Kinder. Manch einem wurden sogar Tränen entlockt.

Wenn es um die Märchen der Brüder Grimm geht, denkt man unwillkürlich an die Klassiker wie *Schneewittchen* oder *Dornröschen*. Märchen enden glücklich. Doch die beiden haben viel mehr geschrieben - auch Märchen, die nicht in das herkömmliche Raster passen. Jemand, der

Märchen als brutal verstehen will, da manche Mär gnadenlos erscheint, z. B. wenn der böse Wolf bei *Rotkäppchen* Wackersteine in seinen Bauch genäht bekommt, oder die böse Hexe aus dem Märchen *Hänsel und Gretel*, von Gretel in den Ofen geschoben wird, - was alles ein nicht minder gnadenloses Vorhergeschehen hat -, wird der Intention dieser Aussagen nicht gerecht. Vielleicht sollte man den Zeitpunkt, wann man diese Art Märchen den Kindern vorliest, insofern günstig bestimmen, dass man es nicht vor dem Gute Nacht-Kuss und „Nun schlaf schön und träum süß" tut. Doch auch diese brutalen Märchen haben ihre Berechtigung, denn sie fordern in ihrer Symbolik dazu heraus, die fürs wahre Leben unnatürlichen, unschönen und schlimmen Dinge auszuhalten, die eigenen Gefühle darüber kennenzulernen, zwischen *Gut* und *Böse* bzw. *dem Überleben zugetan* oder *abtrünnig zu sein*, zu differenzieren und so manche Gefahr in der Wirklichkeit möglichst zu vermeiden. Man erkennt, dass jemand vermeintlich Stärkeres - *Hexe* -, der einem selbst oder jemand anderem Böses will, sich damit keinesfalls durchsetzen, oder über einen siegen muss.

Man hat immer die Möglichkeit, sich zur Wehr zu setzen oder Nothilfe zu leisten – genauso, wie die böse, nach Hänsels Leben trachtende Hexe, von Gretel in den Ofen befördert wird.

Märchen verzaubern, beeindrucken, fesseln. Darum finde ich es gut und wichtig, den Märchen in unserer Zeit Raum zu geben. Das Wunderbare und Mystische an den fantastischen Geschichten ist, dass in Märchen die Unsterblichkeit schlummert. Denn der Möglichkeit, über die Zeiten hinaus zu existieren, wird Raum gegeben: Und wenn sie nicht gestorben sind, dann leben sie noch heute...

„Wenn du intelligente Kinder willst,
lies ihnen Märchen vor.
Wenn du noch intelligentere Kinder willst,
lies ihnen noch mehr Märchen vor.“

Albert Einstein

Sagen

Eine Sage ist eine auf mündlicher Überlieferung basierende, kurze Erzählung, deren ursprünglicher Verfasser in der Regel unbekannt ist. In ihrer Art ist sie dem Märchen und der Legende ähnlich, wenn sie von fantastischen, die Wirklichkeit übersteigenden Ereignissen berichtet. Sagen sind von ihrer Entstehung her mit realen Begebenheiten, Personen- und Ortsangaben verbunden, so dass ihnen der Eindruck eines Wahrheitsberichtes anhaftet. Bei den Wandersagen haben verschiedene Völker und Kulturen häufig fremde Inhaltsstoffe und exotische Motive für ihre eigenen Sagen übernommen und sie mit ihren persönlichen landschaftlichen und zeitbedingten Eigentümlichkeiten und Anspielungen vermischt.

Entscheidend wurde der Begriff der Sage durch die Brüder Grimm geprägt. Das Grimm'sche Wörterbuch, *Bd. XIV, 1893,* spricht von der *Kunde von Ereignissen der Vergangenheit, welche einer historischen Beglaubigung entbehrt".*

Ferner von *„Naiver Geschichtserzählung und Überlieferung, die bei ihrer Wanderung von Geschlecht zu Geschlecht durch das dichterische Vermögen des Volksgemüts umgestaltet wurde.* Hierbei greifen subjektive Wahrnehmung und objektives Geschehen dermaßen ineinander, dass übernatürliche, unglaubhafte Begebenheiten den Wesenskern einer Sage bilden. Es besteht also nicht allein das Subjektive. Auch eine objektive Annahme hat ihre Berechtigung.

Sagenhelden werden benannt, und wie im Märchen gehört die Vermenschlichung von **Pflanzen** und **Tieren** zur Sagenwelt. Auch übernatürliche Wesen wie Zwerge, Feen, Elfen und **Riesen** sind in der Sagenwelt zuhause.

Anders als beim zeitlosen Märchen - *Es war einmal...* - mit den allgemeinen Ortsangaben, wie z. B. dem Wald, Brunnen, der Hütte und den typischen Märchenfiguren, wie König, Prinz, Prinzessin, Stiefmutter, Hexe…, sind bei der Sage tatsächliche Ereignisse, Lokalitäten und Persönlichkeiten vorhanden. Diese, im Nachhinein fantastisch ausgeschmückt und gestaltet, wurden Anlass für die Erzählung der Sage.

Damit steht der Realitätsanspruch der Sage über dem des Märchens.

Weil zum Dreigestirn noch eines fehlt, sei hier die Legende noch angeschlossen. Legenden sind Erzählungen, zumeist in erhöhender Weise, über Begebenheiten oder Leben und Tod von Personen. Sie muten an, dass es sich um unzutreffende Tatsachenbehauptungen handelt. Manche Legenden aber können einen Kern von historischer **Wahrheit** enthalten. In bildhafter oder szenischer Erzählform suchen sie den Kern einer Tatsache oder den Sinn eines Geschehens zu vermitteln, auch wenn die jeweils erzählte Geschichte **quellenmäßig** unverbürgt ist.

Danke

An dieser Stelle möchte ich mich bei denjenigen bedanken, die mich bei der Anfertigung dieses Buches unterstützten und mir Quellen und Bilder zur Verfügung gestellt haben.

Baeredel, Dortmund;

Aloys Tenkhoff, Halle;

Spargelhof Tenkhoff, Olfen,

Bernhard Wilms, Studiendirektor a. D., Olfen.

Nachwort

Hiermit beende ich die Reise in die Vergangenheit und in die Welt aus Phantasie und Mystik. Ich freue mich, dass mich, obwohl es zahlreiche Schlösser und Burgen gibt, gerade die Rauschenburg dazu inspirierte, ihre Geschichten und Märchen aufzuschreiben. Die Rauschenburg liegt romantisch-verwunschen in einer Gräfte am Fluss, umgeben von naturnahen Wäldern, Wiesen und Feldern, im Herzen des Münsterlandes.

Es hat mir sehr viel Freude bereitet, für alle interessierten Leser und Leserinnen, die alten märchenhaften Pfade rund um die Rauschenburg zu beschreiten, und die Geschichten um die, längst in wild romantischen Zustand versetzte Burg, in diesem Buch aufzuschreiben. Meine berühmten Namensvettern, die Brüder Grimm, ließen einst ihre gesammelten Märchen von ihrem Märchenschloss aus um die Welt gehen. So wie sie die Sababurg im Weserbergland als Dornröschenschloss auserkoren, in dem das

Dornröschen hundert Jahre schlief, um danach endlich von ihrem Prinzen wachgeküsst zu werden, hat sich mir die Rauschenburg märchenhaft erschlossen. Deshalb wurden auch an diesem Ort Prinzessinnen und Prinzen lebendig, die einander küssten... Darüber hinaus erschien eine ganze Schar von bunten Märchengestalten, die ich meinen Lesern nicht vorenthalten möchte. Wie es bei märchenhaften Geschichten der Fall ist, sind deren Namen jedoch frei erfunden.

Poetische Burggeschichten ist ein Buch für die kleinen und großen Märchenliebhaber und die, die es werden wollen. Erwachsene könnten während des Lesens der Märchen auf vergangene Erfahrungen zurückblicken und die Message des Märchens als eine Erkenntnis verstehen, die vielleicht beim Lösen eines vergangenen Problems hilfreich gewesen wäre. Die Kleinen lernen diese gleich von der Pike auf. Das Märchenlesen sollten wir uns erhalten.

Sabine Grimm

Die Windschaukel

Am rauschenden Fluss
schaukelt das Kind
im Rauschenburger Wind.

Rauschenburg

Familie Tenkhoff, Hofladen,
Dattelner Straße 84, 59399 Olfen,
Tel: 0049 (0) 2363/31942.

Mailto: info@tenkhoff.de

www.tenkhoff.de

Inhaltsverzeichnis

Bilderverzeichnis

Coverbild: *Tanz in Flammen*

„In bunten Bildern

wenig Klarheit,
viel Irrtum

und ein Fünkchen

Wahrheit."

Goethe

Faust I

Quellenverzeichnis

Veröffentlichte Bilder mit freundlicher Genehmigung von:

Aloys Tenkhoff, Halle
Burg und Ruine Rauschenburg, v. 1908   S. 8

Coverbild: Gemälde der Rauschenburg aus dem Familienschatz der Familie Tenkhoff.

Literatur

Einführung in die Sagenforschung, 3. Aufl., UVK-Verl.-Ges., Konstanz; Leander Petzoldt

Das Antwortbuch der Geschichte, Elting/Folsom

Deutsches Wörterbuch, Jacob Grimm und Wilhelm Grimm

Historischer Stadtführer, Datteln; Theodor Beckmann; Ingrid Breuer; Reiner Erpenbeck; Thomas Mertens; Gertrud Ritter; Anne Stahl

Sabine Grimm

www.sabine-grimm.de

www.readers-feeling.de

Kultur hilft,
Würde zu bewahren
und Wandel zu bewältigen.

Bücher aus der Reihe „UNRUHIGE ZEITEN"

Band 1
Unruhige Zeiten:
Der lange Weg der Rittersleut',
in die moderne, neue Zeit

Band 2
Unruhige Zeiten:
Burg Wilbring - Heimat des Hexenwahns?

Band 3
Unruhige Zeiten:
Die Herren von Frydag zu Buddenburg

Band 4
Unruhige Zeiten:
Der Buddenburg-Mord

Band 5
Unruhige Zeiten:
Tragödie von Niering

Band 6
Unruhige Zeiten:
Die Buddenburger – Zeitzeugnisse

Band 7
Unruhige Zeiten:
Adelslinien – Die Herren von Frydag

Sabine Grimm

„Impressionen – Schloss Buddenburg" ,
reich bebildert, mit Sprüchen und Lebensweisheiten
ausgewählt von Sabine Grimm

„Impressionen – Schloss Löringhof" ,
reich bebildert, mit Sprüchen und Lebensweisheiten
ausgewählt von Sabine Grimm

„Impressionen – Schloss Wilbringen" ,
reich bebildert, mit Sprüchen und Lebensweisheiten
ausgewählt von Sabine Grimm

„Geschichte & Impressionen – Burg Henrichenburg" ,
reich bebildert mit Sprüchen und Lebensweisheiten
ausgewählt von Sabine Grimm

„Sternschnuppen Schatz Sagen "
Verborgene Schätze in Westfalen
Schatzsagen und geheimnisvolle Orte

Diese Bücher sind deutschlandweit über den Buchhandel zu
beziehen, teils auch in Canada und Amerika.

Neue Grimms Märchen 2014

Burggeschichten zum Vor- und Selbstlesen

Rittergeschichten zum Vor- und Selbstlesen

Poetische Burggeschichten zum Vor- und Selbstlesen

Dramatische Burggeschichten zum Vor- und Selbstlesen

Romantische Burggeschichten zum Vor- und Selbstlesen

Phantastische Burggeschichten zum Vor- und Selbstlesen

Reich bebildert in bunt und s/w.

Sabine Grimm

Mailto:look@grimmstory.de